Les MÉCHANTS

ÉPISODE

2

MISSION
IM-POULE-SSIBLE

Catalogage avant publication de Bibliothèque et Archives Canada

Blabey, Aaron
[Mission unpluckable. Français]
Mission im-poule-ssible / Aaron Blabey ; texte français d'Isabelle Allard.

(Les méchants ; 2)
Traduction de : Mission unpluckable.
ISBN 978-1-4431-5523-6 (couverture souple)
I. Titre. II. Titre: Mission impoulessible. III. Titre: Mission unpluckable.
Français.

PZ26.3.B524Mis 2017   j823'.92   C2016-904657-5

Version anglaise publiée initialement en Australie en 2015 par Scholastic
Australia.

Édition publiée par les Éditions Scholastic, 604, rue King Ouest, Toronto (Ontario)
M5V 1E1 CANADA avec la permission de Scholastic Australia Pty Limited.

7 6 5 4 3   Imprimé au Canada 139   18 19 20 21 22

Le texte a été composé avec la police
de caractères Janson, Elo, Kerberos Fang et Behance.

· AARON BLABEY ·

TEXTE FRANÇAIS D'ISABELLE ALLARD

Les MÉCHANTS

ÉPISODE

2

MISSION
IM-POULE-SSIBLE

DE BONNES ACTIONS.

QUE ÇA TE PLAISE OU NON.

BULLETIN SPÉCIAL!

PANIQUE
À LA FOURRIÈRE!

Nous interrompons cette émission pour une nouvelle de dernière heure.

STÉPHANIE PELAGE

est notre correspondante sur place. Stéphanie, que pouvez-vous nous dire?

CARL CABOT

1

Eh bien, Carl, des faits **ATROCES** se sont produits à la **FOURRIÈRE** aujourd'hui.

Une bande de **VOYOUS** est entrée et a démoli un mur avant de repartir avec bruit dans une voiture de course. Résultat, **200 PITOUS TERRIFIÉS** se sont enfuis.

STÉPHANIE PELAGE 6

Je suis avec **M. GÉRARD LANDOUILLE**, chef de la fourrière municipale.

M. Landouille, comment décririez-vous ces

MONSTRES?

Heu... eh bien... c'est arrivé très vite... Je pense qu'ils étaient quatre...

Il y avait un **LOUP**, j'en suis sûr.

VIDÉO EXCLUSIVE!

Un loup très *méchant*, avec des dents pointues.

Et il y avait un **SERPENT.**

AVEZ-VOUS VU CE SERPENT?

Un serpent *affreux*, qui avait l'air très grognon...

Il y avait aussi une
JEUNE FILLE...

JOLIE FILLE OU VILAIN REQUIN?

ou bien un énorme
REQUIN.
C'est difficile à dire.

Ah oui, j'ai aussi
vu un horrible
petit poisson.

SARDINE MUTANTE EN LIBERTÉ!

Peut-être une
SARDINE.
Je n'en suis pas sûr.

M. Landouille,
diriez-vous que ces
criminels semblaient...
DANGEREUX?

Oh oui, Stéphanie. Ils sont
certainement dangereux.

En fait, je dirais que nous
avons affaire à de *véritables*...

EN DIRECT DE LA FOURRIÈRE 6

• Chapitre 1 •
ET C'EST REPARTI!

De quoi parle ce type?

On a **LIBÉRÉ** ces pitous!

C'était un

SAUVETAGE!

On a été **GENTILS**!

Et pour la dernière fois,

je ne suis **PAS** une sardine!

JE SUIS UN PIRANHA!

CROUCH!

CROUCH!

CROUCH!

Tu vois, Loup? **PERSONNE** ne va croire qu'on est gentils. Je pars d'ici avant que la police ne vienne nous chercher.

Oh **NON,** M. Serpent! On ne va pas abandonner maintenant. On vient juste de commencer.

N'oubliez pas comme c'était **MERVEILLEUX** de sauver ces chiens!

Il faut juste qu'on soit perçus comme des **HÉROS.**

On doit faire un geste si **EXTRAORDINAIRE** que le monde entier va nous remarquer.

À quoi penses-tu, M. Loup?

À ÇA!

FERME
LACOQUE
ÉLEVAGE DE
POULETS

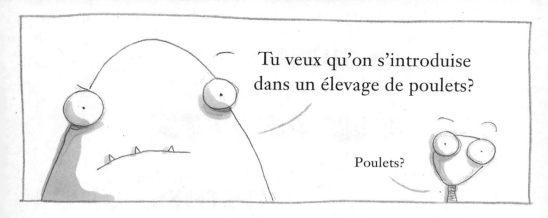

Tu veux qu'on s'introduise dans un élevage de poulets?

Poulets?

As-tu dit... *poulets?*

Mais cette petite poule semble heureuse. Elle n'a pas besoin d'être sauvée...

Ah! Vraiment?

Voici **L'INTÉRIEUR** de la ferme Lacoque, les amis.

10 000 POULETS!

Enfermés dans de **PETITES** cages!

24 heures par jour!

SANS soleil!
SANS espace
pour jouer et courir!

C'est horrible! Je n'ai jamais rien entendu d'aussi triste.

Qu'attendons-nous?

IL FAUT ALLER **LIBÉRER** CES PETITS POULETS!

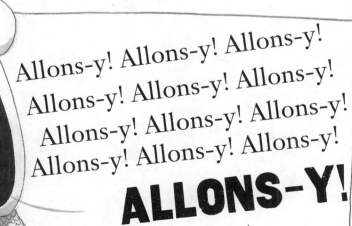

Allons-y! Allons-y! Allons-y! Allons-y! Allons-y! Allons-y! Allons-y! Allons-y! Allons-y! Allons-y! Allons-y! Allons-y!

ALLONS-Y!

Qu'a donc
M. Serpent?

Je ne sais pas. Il doit
beaucoup aimer les poulets.

SLURP   SLURP

Heu, *allôôôôô...*

Ça va, mon ami?

Hein?

S L U R P

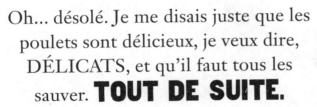

Oh... désolé. Je me disais juste que les poulets sont délicieux, je veux dire, DÉLICATS, et qu'il faut tous les sauver. **TOUT DE SUITE.**

Ah! Si seulement c'était aussi simple, mon ami. J'ai une terrible nouvelle...

La ferme Lacoque est

IMPÉNÉTRABLE!

Impossible de s'y introduire!

C'est une **FERME D'ÉLEVAGE** à **SÉCURITÉ MAXIMALE** avec des **MURS D'ACIER** de 10 mètres de hauteur et de 2 mètres d'épaisseur!

Il n'y a **PAS DE FENÊTRES** et toutes les portes sont **SURVEILLÉES.**

FERME LACOQUE

Quiconque *réussit* à entrer est pris sur-le-champ, car...

si on touche le PLANCHER, une **ALARME** retentit!

Si on touche les MURS, une **ALARME** retentit!

Si on traverse les RAYONS LASER, une **ALARME** retentit!

As-tu dit

RAYONS LASER?

Pourquoi tu nous montres ça, *chico?* On n'a pas ce qu'il faut pour une telle mission!

C'est vrai. Mais je connais un gars qui a ce qu'il faut.

Qui?

· Chapitre 2 ·
PIRATE À HUIT PATTES

Hé, les gars! Content
de vous rencontrer!

AAAAAAH!

FUYEZ, *chicos!* C'est une
TARENTULE!!!

Désolé, Pattes. Je ne sais pas ce qu'ils ont.

Ce n'est pas grave. Ça m'arrive tout le temps.

PATTES?!

Tu *connais* ce monstre?

Tu laisses entrer une tarentule dans notre club? Mais à quoi penses-tu?

Peux pas...
respirer...
araignée...
maman...
maman...
je veux ma maman...

M. Requin! Ressaisis-toi!
Vous devriez avoir HONTE! **PATTES**
est comme nous. C'est un GENTIL
avec une MAUVAISE réputation.

Ah, merci,
Ti-Loup.

Il est **DANGEREUX,** je te dis.

Oui!
Et pourquoi il ne porte
pas de pantalon?

Je n'aime pas les pantalons.
Je veux me sentir libre.

Peux pas... respirer...
pas de pantalon...
je panique...

Bon, bon.

Pattes? Montre-leur
ce que tu sais faire!

SÉCURITÉ MAXIMALE

Commençons par un truc simple.

CLIC! CLIC! CLIC! CLIC! CLIC!

ACCÈS : ACCORDÉ
Nom : M. SERPENT
Statut : Très dangereux
Action : Ne pas l'approcher

Hé! C'est mon casier judiciaire!

Dis donc, ils ne t'aiment pas beaucoup, hein?

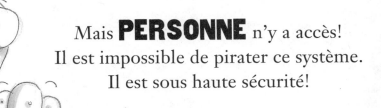

Mais **PERSONNE** n'y a accès!
Il est impossible de pirater ce système.
Il est sous haute sécurité!

Oui, ce n'est pas *évident*.

CLIC! CLIC! CLIC! CLIC! CLIC! CLIC! CLIC!

Mais ça vaut la peine
juste pour voir ton
sourire, M. Serpent.

Ta-dam!

C'est

IMPOSSIBLE!

Pas pour un **SUPER PIRATE** comme Pattes! C'est un **GÉNIE** des ordis! Il a un plan pour nous faire entrer dans la ferme.

Merci, Ti-Loup. Mais d'abord, je vais remettre ceci comme c'était. On est des bons gars, après tout...

ACC
Non
Statut
Action :

et je ne veux pas créer de problèmes. Désolé, M. Serpent, tu es de nouveau *dangereux*.

DANGERE
NE PAS
L'APPROC

Hé!

C'est **GÉNIAL,** les gars!
Je suis content d'être dans
votre équipe. Je parie
que demain, on sera de
GRANDS AMIS!

... araignée...
sans pantalon...
sur ma tête...

POUF!

Hé, *chico!*
J'ai un conseil à te donner :
Mets un *pantalon.*

SPLAF!

· Chapitre 3 ·
MISSION VRAIMENT IMPOSSIBLE

Bon, les gars, j'ai suivi votre conseil
et je me suis habillé. Qu'en dites-vous?

Je vois encore son
POPOTIN VELU.

Arrête,
Piranha.
Écoute-le
donc.

BON.

Pour vous faire entrer
dans la ferme, je dois pirater
son ordinateur et désactiver
les alarmes.

MAIS

il y a un problème...

Le système de sécurité est **SI PERFECTIONNÉ** que je ne peux pas le faire d'ici.

Vous devez aller brancher ce **BIDULE** dans l'ordinateur de la ferme.

Ensuite, je pourrai TOUT DÉSACTIVER pour vous permettre d'atteindre les poulets.

Attends une minute. Tu peux accéder à mon casier judiciaire, mais **PAS** à une FERME sans notre aide?

Je sais, c'est BIZARRE.
C'est une ferme
REDOUTABLE,
mon gars.

Puisqu'elle est si redoutable,
comment va-t-on atteindre
l'ordinateur? Loup dit qu'il
est impossible d'y entrer!

Il existe **UNE** façon.

Mais ce n'est pas facile...

Il y a une **PETITE TRAPPE** sur le toit.

Vous devez passer par la trappe et **DESCENDRE** de 30 mètres par une corde jusqu'à l'ordinateur.
Une fois là, vous **BRANCHEZ LE BIDULE!**

ATTENTION!

Si vous touchez aux murs ou au plancher, les **ALARMES** sonneront et vous serez découverts.

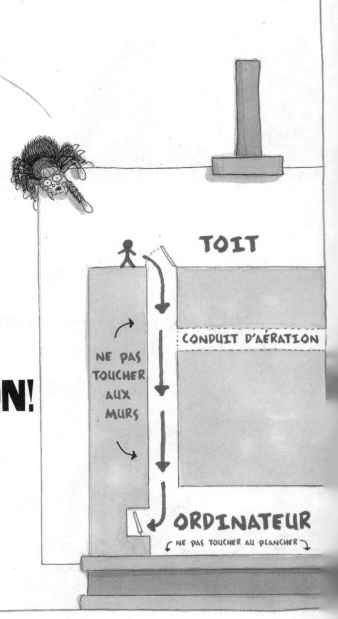

TOIT

CONDUIT D'AÉRATION

NE PAS TOUCHER AUX MURS

ORDINATEUR

NE PAS TOUCHER AU PLANCHER

C'est tout? Ce n'est pas si compliqué.

Une fois le truc branché, hissez-vous avec la corde jusque dans le **CONDUIT D'AÉRATION** et rampez jusqu'aux CAGES DES POULETS.

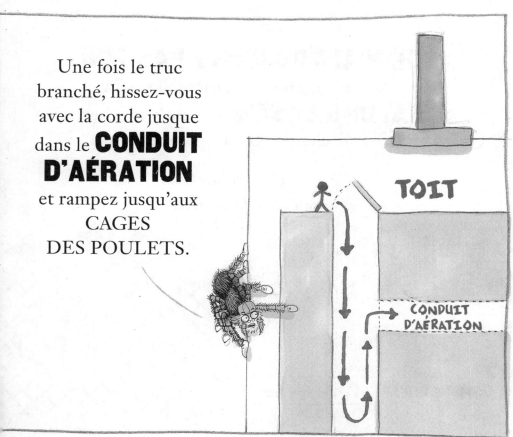

Comme je le disais, ce n'est pas si compliqué.

JE N'AI TOUJOURS PAS FINI.

Avant d'atteindre les cages, il y aura des **RAYONS LASER.** Si vous y touchez, vous déclencherez une alarme.

Et les rayons sont très *douloureux*.

CONDUIT D'AÉRATION ➝

LASERS

Pourquoi les rayons laser sont-ils toujours allumés? Je croyais que tu allais tout neutraliser?

Les **AUTRES** alarmes, oui.

Mais les **RAYONS LASER** se désactivent seulement à la main. Il y a un interrupteur à l'intérieur.

Alors, on doit juste les éteindre?

Oui.

Ce n'est *tout de même* pas compliqué.

C'est parce que je n'ai

TOUJOURS PAS FINI!

L'interrupteur est de L'AUTRE CÔTÉ des rayons laser. Vous devez les **TRAVERSER** pour l'atteindre.

POULETS
PAR LÀ

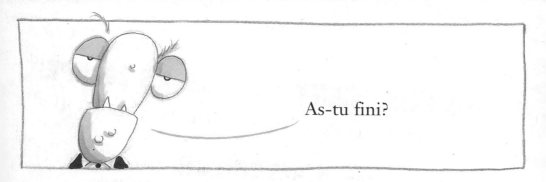

As-tu fini?

Heu... ouais.

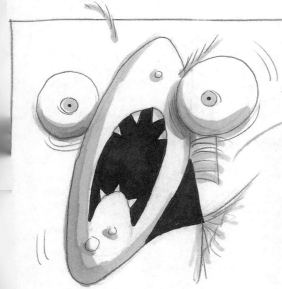

Bon! Parce que c'est

LOCO!

On ne **PEUT PAS**
réussir, mon gars!

Oui, on peut.

Mais **SEULEMENT** si on travaille **EN ÉQUIPE!**

Serpent et Piranha, vous viendrez avec MOI!

On va entrer à **L'INTÉRIEUR,** brancher ce **TRUC** dans l'ordinateur et **SAUVER CES POULETS!**

Ça va être

SUPER!

Tu vas travailler avec moi, mon gros. C'est NOTRE RÔLE de faire entrer et sortir ces gars sans problème. Génial, hein? Toi et moi allons passer **BEAUCOUP** de temps ensemble!

*Oh...
super...
mais...
je pense...
que je vais...
pleurer...*

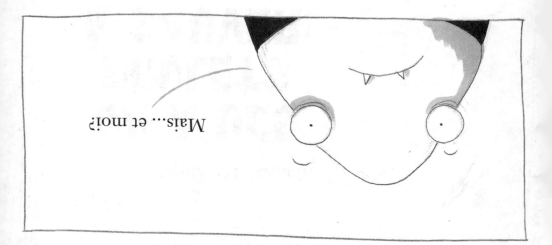

Mais... et moi?

Sèche tes larmes, M. Requin.

ON A DES POULETS À SAUVER!

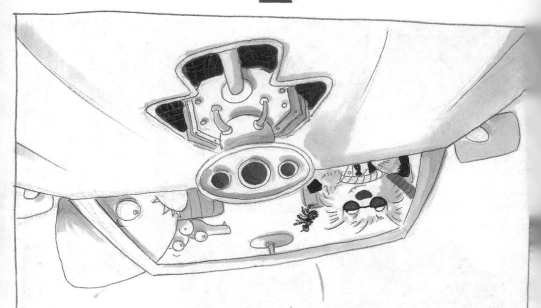

Hé, les gars, pourquoi
êtes-vous si loin?

• Chapitre 4 •
DANS LA
TRAPPE

PLUS TARD CE SOIR-LÀ...

On a l'air ridicule.

FERME LACOQUE

FERME LACOQUE
ELEVAGE
DE POULETS
ENTRÉE
INTERDITE

Hé, Tarentule!
Pourquoi ces
combinaisons idiotes?

Chut! Pas si fort, M. Piranha.
Ces combinaisons sont
UTILES! Elles vous gardent
au frais et vous rendent
difficiles à repérer.

EN PLUS,

chacune est munie d'un micro
et d'un écouteur, pour qu'on
puisse se parler.

COMPRIS?

Hé, Loup, tu me promets
qu'il y aura des poulets là-dedans?

C'est un élevage de
POULETS! Bien sûr
qu'il y aura des poulets.
Pourquoi t'inquiètes-tu?

Oh... pour rien.

C'est juste que **J'ADORE**
les poulets.

Ils sont si délectables.
Je veux dire, si agréables.

Ouais...

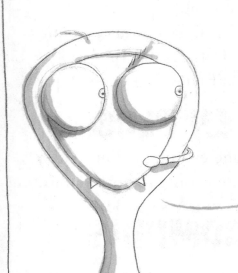

Tu comprends BIEN qu'on est là pour SAUVER les poulets, hein?

Hum, hum.

Tu ne vas pas essayer de les **MANGER,** hein?

Hum, hum.

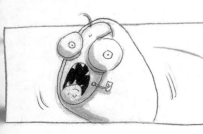

Hé! Peut-on COMMENCER? Cette combinaison irrite mes écailles.

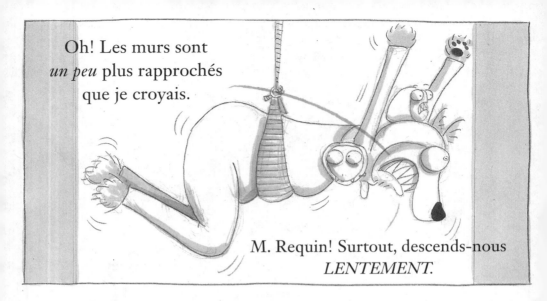

Oh! Les murs sont *un peu* plus rapprochés que je croyais.

M. Requin! Surtout, descends-nous *LENTEMENT*.

D'accord.

As-tu besoin d'aide, mon gros?

BOÏNG

AAAAAAAAAA

FOUF!

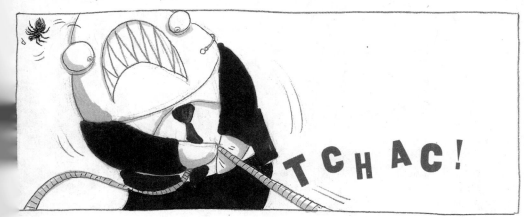

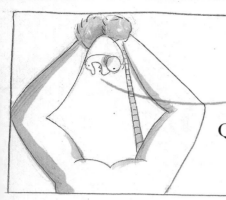

Fiou! C'était limite!

¡AY, CARAMBA!

M. Loup?
Quelqu'un t'a déjà dit que ta figure
a l'air d'un **POPOTIN?**

Quoi?

Oh, désolé! Je me suis trompé.

Hé, c'est l'ordinateur!
Je crois pouvoir
l'atteindre...

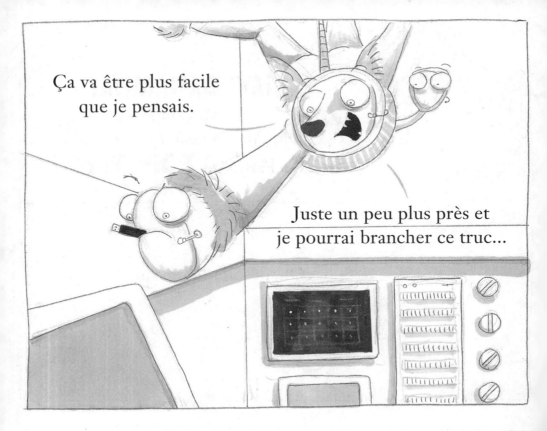

TRA-
LA-
LA

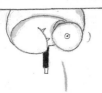

Il ne nous a pas vus.
Pourquoi donc?

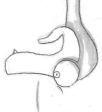

Tu veux rire?
ON S'EN
VA D'ICI!
REQUIN?!
ON ANNULE
TOUT!
REMONTE-
NOUS!

Chut! Je ne sais pas.
Il doit être très myope.
Hum... Que fait-on?
Avez-vous des suggestions?

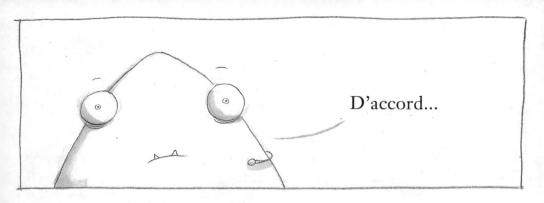

D'accord...

NON! ATTENDS!

Regardez ce qu'il mange, *chicos*.
C'est un sandwich à la sardine.

J'ai une idée.

Piranha? Tu ne feras rien
de cinglé, hein?

« Cinglé », c'est ma spécialité, *chico*.
Souhaite-moi bonne chance...

BOÏNG!

Piranha! Non!

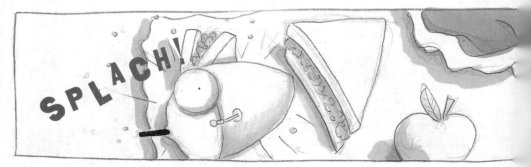

SPLACH!

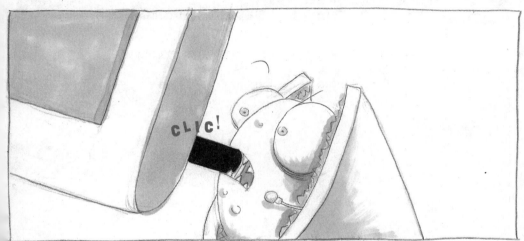

Les alarmes sont désactivées! Je répète : **LES ALARMES SONT DÉSACTIVÉES!** Vous pouvez entrer dans le **CONDUIT D'AÉRATION.**

Piranha! Je ne peux pas t'atteindre! Tu dois sauter!

Non, M. Loup...

C'était un aller simple, *chico*.

QUOI? On ne peut
pas te laisser là!

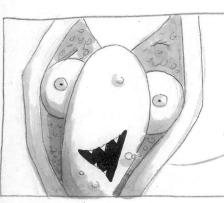

Vous n'avez pas le choix,
hermanos. Il n'y a pas
d'autres options.

Allez sauver ces petits poulets.
Sauvez-les pour **MOI!**

Loup! Ressaisis-toi!
REQUIN! Remonte-nous!

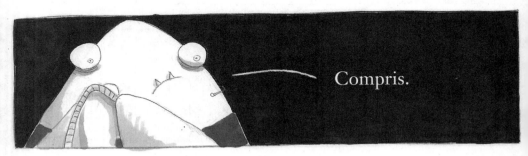

Compris.

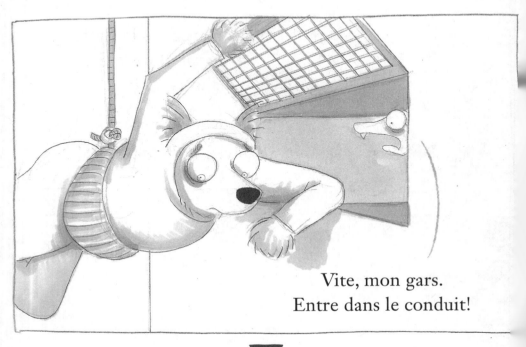

Vite, mon gars.
Entre dans le conduit!

Regarde-le,
en bas!

Quel petit
bonhomme
courageux!

Il s'est sacrifié
pour nous.

Oui, oui. Allons-y.
Je meurs de faim... je veux
dire, je meurs d'ENVIE
de sauver des poulets. Ouais.

Tu as
raison.
Allons-y.

Adios,
M. Piranha.

Prends soin
de toi.

Adios,
chicos.

Facile à dire,
l'ami.

• Chapitre 5 •
SAUT DANS LE VIDE

Tu vois, M. Serpent? C'est ce que je disais.

Sans M. Piranha, on ne se serait **JAMAIS** rendus si loin.

VOILÀ l'utilité du travail d'équipe. **LA COOPÉRATION.**

Ouais, ouais, très intéressant, mais OÙ SONT LES POULETS?

Par là-bas.

Cette étape était plus facile que je croyais. Je ne sais pas pourquoi on s'inquiétait comme...

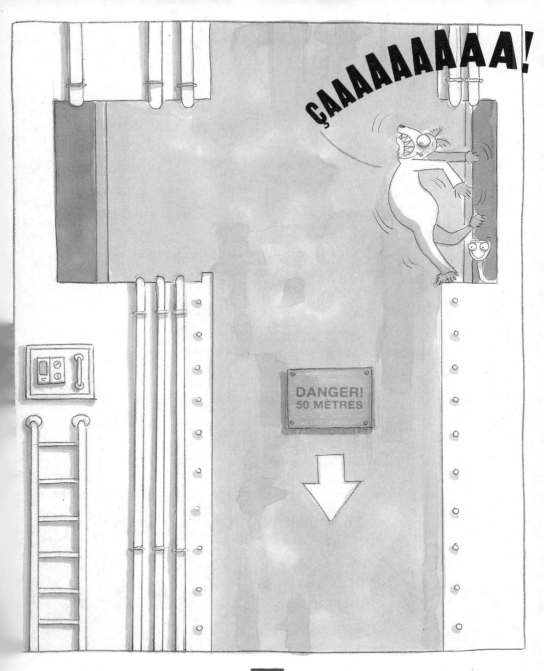

Oh là là!
Si j'étais
toi, je ne
regarderais
pas en bas.

DANGER!
50 MÈTRES

JE NE VOIS QUE ÇA, LE BAS!

Hé! J'ai une idée!
Reste donc ici!

Je vais aller dévorer...
je veux dire *DÉLIVRER*
ces poulets.

Noooon! Je glisse!
Je... ne peux plus tenir.
Tu dois... m'aider...

Vraiment?
C'est un peu ennuyeux.

ENNUYEUX?!
SI TU NE M'AIDES PAS,
JE VAIS **MOURIR!**

C'est toujours « **MOI, MOI, MOI** » avec toi, hein?

Oh non!

Hé! Attends une seconde. C'est mieux!

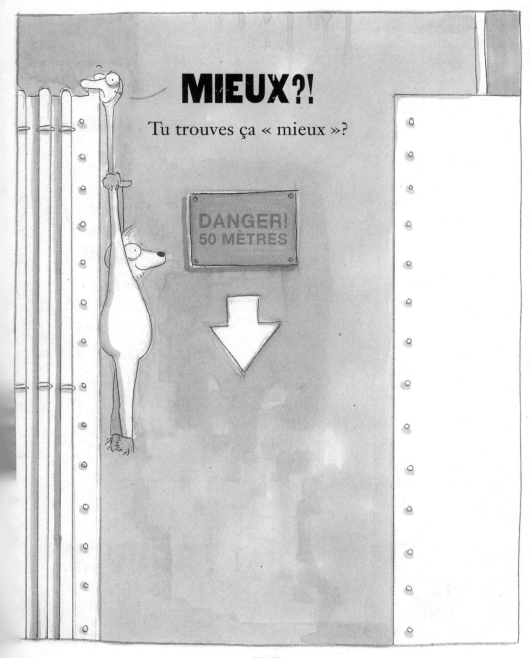

MIEUX?!

Tu trouves ça « mieux »?

DANGER!
50 MÈTRES

Tu devrais te mettre au régime, mon gars. Vraiment.

Bon, réfléchissons.

Que va-t-on faire?

On est coincés.

Pas seulement MOI. Pas juste TOI. **NOUS DEUX.**

On est coincés en **ÉQUIPE.** Alors, il faut trouver une solution en **ÉQUIPE.**

J'AI **TROUVÉ!**

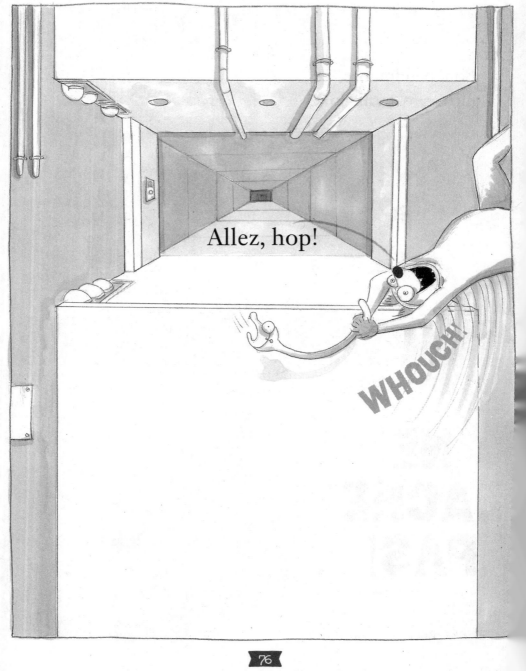

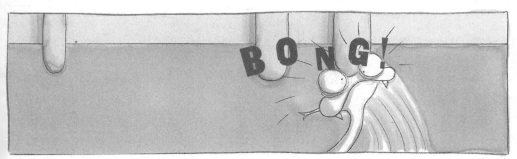

• Chapitre 6 •
REPARTIR À ZÉRO

Ça va mal.

Piranha?
M'entends-tu?

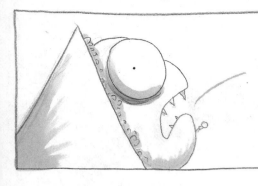

M. Requin? C'est toi?

Je vais me transformer
en dîner de singe.

Tiens bon, monsieur P.
Je vais venir te chercher.

BOÏNG!

Je peux t'aider,

**MON
GROS?**

Très... peur... des... araignées...

Hum, hum. Et pourquoi donc?
Ça va, tu peux me le dire.

Bon, d'accord...

Tu es **EFFRAYANT** à regarder
parce que tu as **TROP D'YEUX**
et **TROP DE PATTES**
et tu me fais si peur que

**J'AI ENVIE
DE VOMIR!**

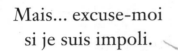 Mais... excuse-moi
si je suis impoli.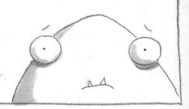

 Ça va.

Non, vraiment.
Je me sens coupable de dire ça.
Tu dois me trouver horrible.

 Non, non. Tu as l'air
d'un chic type. Mais je peux
te demander une chose?

Oui, bien sûr.

Puisque je n'ai pas le choix
d'être une tarentule, tout
comme tu n'as pas le choix
d'être un

TERRIFIANT MONSTRE MARIN,

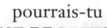

pourrais-tu
SURMONTER
ta peur pour que
je **PUISSE**
t'aider
à secourir
ton copain?

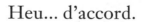

Heu... d'accord.

Désolé.
Ce n'était pas
gentil.

Non,
c'était un bon
conseil.

Bon… comment va-t-on
secourir ce piranha?

Il paraît que tu es doué
pour les déguisements?

Ça m'arrive parfois.

Et moi, je suis TRÈS doué pour fabriquer des trucs. Pourquoi ne pas travailler ensemble?

D'accord.

Mais quelle sorte de déguisement me fera entrer dans une ferme?

Sors les plumes de cet oreiller, M. Requin, et je t'expliquerai mon idée.

• Chapitre 7 •
FAIS-MOI CONFIANCE

Oh non! Regarde ces rayons laser! Je ne passerai **JAMAIS** au travers.

On a un problème

CAGE ➡

Oooooh non, non, non!
Il n'y a pas de problème.
Je vais me faufiler entre ces rayons.
Mais je dois y aller **SEUL.**

Es-tu certain?

ABSOLUMENT. Je vais me
glisser de l'autre côté et m'occuper
de l'abattage... je veux dire, du
SAUVETAGE des poulets.

Ouais.
Sauvetage.
Hi, hi!

Mais tu vas désactiver
les rayons laser?

Ouais, ouais.

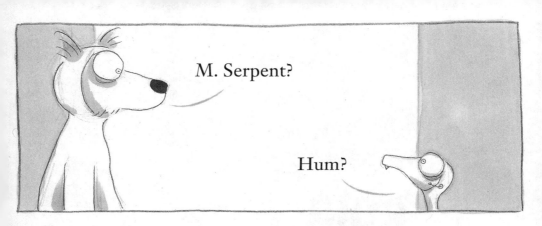

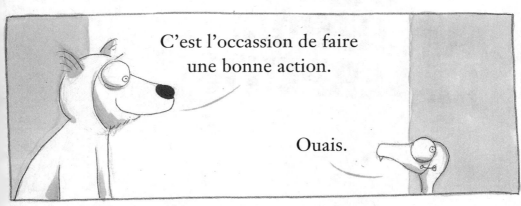

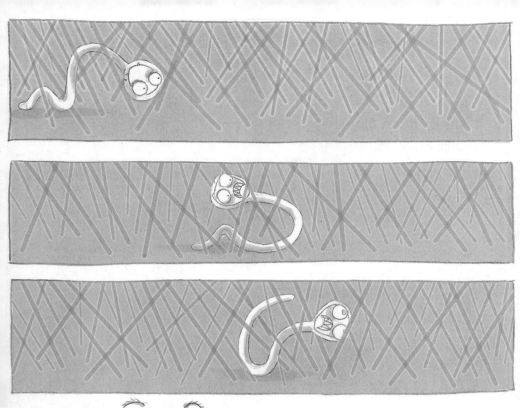

Juste un peu plus loin...

Oui!

Tu as **RÉUSSI!**

Tu es incroyable!

Maintenant, éteins les lasers pour que je puisse traverser...

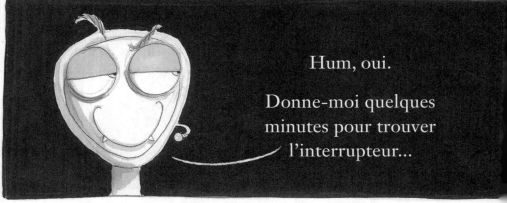

Hum, oui.

Donne-moi quelques minutes pour trouver l'interrupteur...

Prends ton temps, mon ami!

TU ES SUPER!

Je suis si FIER de ces gars.

FUIIIT
FUIIIT

Dis donc, ça fait quinze minutes.
Tout va bien, M. Serpent?

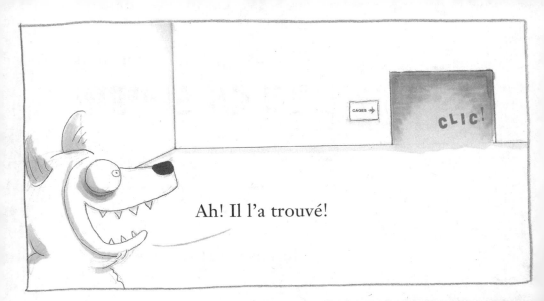

Ah! Il l'a trouvé!

Oh! Il fait noir, ici.
Psitt! M. Serpent? Où es-tu?

Ah, te voilà!
Tout va bien?

Hurgm, hum.

M. Serpent?

Que fais-tu là-bas?

Dans le noir?

Derrière ces cages...
VIDES?

Rgnien.

Tu as une drôle de voix.
Ça va?

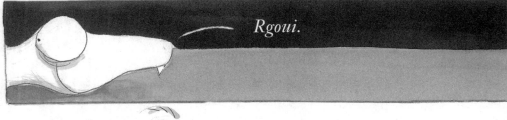

Rgoui.

Oh non!

Un instant...
Tu n'as pas...

SERPENT?

QU'AS-TU FAIT?

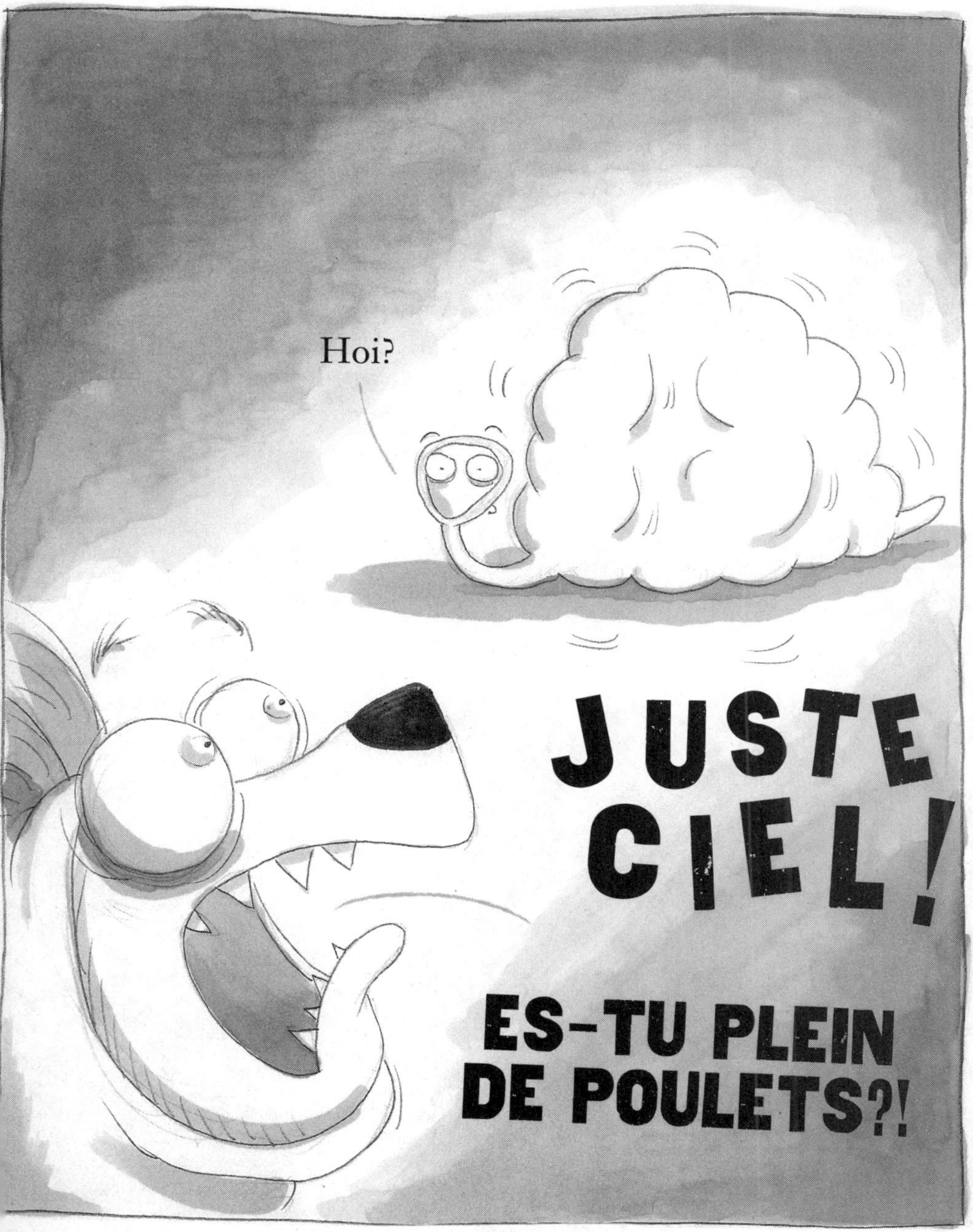
Hoi?
JUSTE CIEL!
ES-TU PLEIN DE POULETS?!

Oh, non!

Serpent, tu ne vas *pas* tout gâcher.
Pas question.

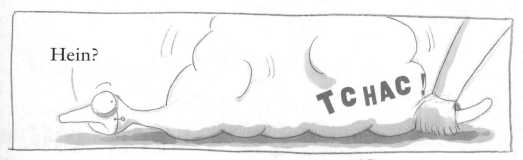

Hein?

TCHAC !

NON.
PAS
QUESTION.

• Chapitre 8 •
PLEIN DE POULETS

¡Ay Caramba!

C'est la fin, *amigos!*

Hé, Gérard! Un des poulets s'est échappé, mais on l'a rattrapé.

Quoi?

Qui sait? Ramenons-le
dans sa cage.

Oh, désolé!
J'ai interrompu
ton repas...

Pas grave.
Je peux manger en marchant.

Hé, *chico*. Ça va?

CROUCH!

Gérard! Ta sardine est vivante!

SARDINE?!

Ça suffit! Ce petit
sandwich va te
DÉVORER!

AAAAHHHH!!!

Je suis ton pire
CAUCHEMAR, *hombre!*
Je suis un hamburger
au piranha
EXTRA ÉPICÉ!

M. Requin?
C'est toi?

Oui.

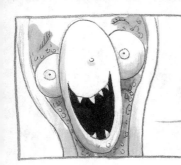

Je t'ai à peine reconnu!

Je sais. Je suis doué
pour les déguisements.

WOUP! WOUP! WOUP!

OH NON! Ils ont
réactivé l'alarme!

WOUP! WOUP! WOUP!

Loup et Serpent vont être piégés!

Les gars! C'est Pattes! Sortez! Les gardes arrivent!

WOUP! WOUP! WOUP!

On ne part pas sans nos *chicos*.

Et nos poulets.

WOUP! WOUP!

C'est l'alarme!
Dépêchons-nous!

On a ouvert les cages, mais ces idiots ne sortent pas. Quel est leur problème?

Ils ont peur.

De quoi?

DU SALE TYPE QUI A ESSAYÉ DE LES **MANGER!**

Je n'ai pas pu me retenir.

Désolé.

Les regrets ne servent à rien,
M. Serpent.

Qu'est-ce qu'on va faire?
Les poulets sont terrifiés.

Ils ont besoin de **SUIVRE**
quelqu'un.

Une personne digne de
CONFIANCE.

Ils ont besoin...

Dis donc, c'est une grosse poule.

Bon, mes poussins, je sais que vous avez peur, mais c'est votre **SEULE CHANCE** de fuir cet horrible endroit.

Vous comprenez?

BON.

Courez,
mes petits!
Courez!

SORTONS D'ICI NOUS AUSSI!

M. Piranha!
Tu es ici!

Ça va?

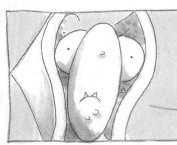

Je suis couvert
de mayonnaise.

Oh, je vois.

Ce n'est pas si mal.

J'aime plutôt ça.

On est **COINCÉS**!

C'est la **FIN!**

Mes poulets ne seront **JAMAIS** libres!

Lance-moi sur lui!
C'est le seul moyen!

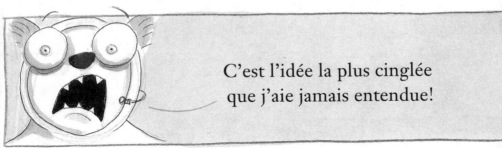

C'est l'idée la plus cinglée
que j'aie jamais entendue!

M. Loup, c'est ma chance
de faire une bonne action.

Mais...

LANCE-MOI OU CES POULETS
NE SERONT JAMAIS LIBRES.

VAS-Y!

Et ne rate pas ton coup

COMPRIS?

Compris!

Salut. Voici un petit jeu :
le premier qui ouvre
la porte ne se fait pas
mordre par un serpent.

Tu as
gagné.

Peux-tu enfermer les gardiens derrière nous après notre départ?

Oui, très clair.

Si tu ne le fais pas, je **VAIS** trouver où tu habites et tu **VAS** me trouver dans ton lit au milieu de la nuit.

C'est clair?

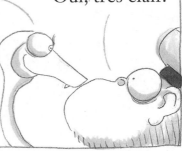

Merveilleux!

BOING!

Tu vois? Tu n'es pas le seul gentil par ici...

Je le savais! Je le savais! Je le savais!

Bon.
Moins d'affection.
Plus d'évasion.

• Chapitre 9 •
QUELLE ÉQUIPE!

Je suis fier de vous, les gars!
10 000 poulets sont libres
grâce à **VOUS**!

Vous commencez à être doués pour ces missions de héros.

Toi aussi, M. Serpent.

Ça va, Câlinours. N'en fais pas tout un plat.

D'accord, vieux grognon. Partons d'ici...

Mais...

Qu'est-il arrivé à la **VOITURE**?!

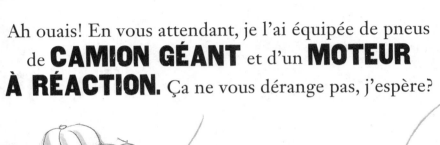

Ah ouais! En vous attendant, je l'ai équipée de pneus de **CAMION GÉANT** et d'un **MOTEUR À RÉACTION.** Ça ne vous dérange pas, j'espère?

Pas du tout!

J'ai remarqué que tu étais un peu à l'étroit, M. Requin. Alors, j'ai modifié ton siège. Si tu ne l'aimes pas, je peux le remettre comme avant.

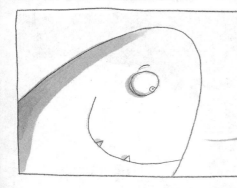

Je... je *l'adore*, Pattes.
C'est très gentil.

Merci.

Il n'y a pas de quoi,
M. Requin.

Je respire.
Tout va bien.
Je respire.
Tout va bien.
Je respire.
Tout va bien.

SCOUIC!

Hé!
Avez-vous
entendu ça?

CRAC!

SCOUIC!

FERME
LACOQUE

Hum. On dirait que ça vient de cette **VIEILLE MAISON SINISTRE** à côté de la ferme... Peut-être qu'un poulet s'est perdu?

Je ne savais pas que les poulets couinaient...

Non. Je me suis trompé.
Il n'y a rien. C'est vide.

Heu, non.
Pas tout à fait...

REGARDEZ!

Oh! Regardez ce petit cochon d'Inde! Que fais-tu là tout seul?

Je pense qu'il s'appelle Marmelade. Il est mignon, hein?

MARMELADE

Marmelade, voici le

CLUB DES GENTILS.

On est venus te sauver.

Prends soin de toi, petit cochon d'Inde. PROFITE DE TA LIBERTÉ!

À bientôt, mon petit.

Club des... gentils?

GENTILS?

Parce qu'ils se qualifient de GENTILS,

ils pensent qu'ils peuvent

ENTRER DANS MA FERME ET LIBÉRER MES POULETS?!

Ils croient qu'ils vont s'en sortir comme ça?

C'est ce qu'on va voir. Je vais les faire payer.

Ah oui...

JE VAIS LES FAIRE PAYER!

HA HA HA HA! HA HA HA!

Oh non! Les Méchants

n'auraient

JAMAIS

dû s'en prendre

au cochon d'Inde!

Découvre ce qui arrive

quand ils se font capturer par

un **VRAI MÉCHANT.**

Comment s'échapperont-ils de sa sinistre tanière?

QUI est ce mystérieux **NINJA** qui les suit?

Et **QUAND** vont-ils cesser d'essayer de se

DÉVORER les uns les autres?

Ne manque pas cette prochaine aventure

SI DRÔLE que tu mouilleras ton pantalon...

L'ÉPISODE **3**

DES **MÉCHANTS**

SORTIRA BIENTÔT!

Les Méchants vont

passer un très MÉCHANT

quart d'heure...